PARA QUEM ESTÁ SE AFOGANDO, CROCODILO É TRONCO

wladimir vaz mourão

[colagens]
elisa scarpa

URUTAU
2023

O —

editora Urutau
rua dr. manuel pacheco nobre, 128, 5 esquerdo
2830-080
barreiro (setúbal)
portugal

rua do cajú, 478
jardim das cerejeiras, 06724-015
cotia-sp
brasil

[+351] 928053619 [portugal]
[+55] 11 9 4859 2 426 [brasil]

www.editoraurutau.com

[EDIÇÃO]
debora ribeiro rendelli & tiago fabris rendelli
[REVISÃO]
marcella sarubi & debora ribeiro rendelli
[DIAGRAMAÇÃO]
victor h. azevedo

dados internacionais de catalogação na publicação (cip) de acordo com isbd

M586p mourão, wladimir vaz

para quem está se afogando crocodilo é tronco / wladimir vaz
mourão ; ilustrado por elisa scarpa. - cotia: urutau, 2023.
64 p. ; 13cm x 16,5cm.

isbn: 978-65-5900-510-9

1. literatura brasileira. 2. poesia. 3. colagens. i. scarpa, elisa. ii.

2023-1492 CDD 869.1
CDU 821.134.3(81)-1

elaborado por odilio hilario moreira junior - CRB-8/9949

Índice para catálogo sistemático:
1. Literatura brasileira : Poesia 869.1
2. Literatura brasileira : Poesia 821.134.3(81)-1

SUMÁRIO

[9] **[prefácio]**
por Antônio Brasilit

PARTE 1
NOSSA SENHORA DO PERPÉTUO DE SOCORRO, OURENSE & LÉREZ
[era um inferno, mas eu gostava]

[15] corpo exótico
[16] lérez-oiapoque
[16] i o inferno, furancho
[17] ii santa
[19] iii celta de vigo
[20] ourense

PARTE 2
SÃO PATRÍCIO DE TODOS OS BÊBADOS
[dublinada]

[23] *dorset street*
[26] dublinada
[26] i faca
[28] ii carne

PARTE 3

SANTA PEREGRINA DO AROMA DA FÁBRICA DE CELULOSE

[quando dividi um tronco com um crocodilo:
remamos, fumamos, bebemos e bailamos,
no final ele me comeu e hoje vivo dentro da sua barriga]

[45] avenida peirao besada
[47] *paxaros*
[48] 1996
[50] galo branco
[52] panapanás
[56] sempre doce quando ácida
[57] a horta de campelo
[59] a velha camiseta andy warhol-rosalía de castro
que apodrece no varal
[61] a guía, 27, randufe, tui, em frente à igreja

quem faz um poema salva um afogado
MÁRIO QUINTANA

para quem está se afogando, jacaré é tronco
DITO POPULAR

[prefácio]

Quem fala que os caminhos se cruzam se engana. Os encontros são sempre tropeço e enrosco, como a suruba de cascavel que juro ter visto lá pelos lados do Oratório.

Fiquei sabendo que o Wladimir, caboclo conhecido das piores baiucas risca-facas, estava se metendo a falar do registrado nas vistas com poesia na vontade de existir além. Achei chique, coisa de gente fina, isso de tirar fotografia dos miolos e passar no papel.

O Wlad, como o chamamos pra se afastar dos batismos, sempre foi e não foi sem-vergonha. Anunciado assim pode até parecer falatório de doido depois da chupada funda na garrafa de pinga até o último cheiro. Acontece dos palavreios se alastrarem numa velocidade da imaginação mais ligeira que qualquer perna, como cavalo novo estourando a baia. Dito assim, laço o pensamento: ele não é do tipo de torcer pro vento levantar saia de moça, mas é carudo em existir e anda pelado na vida.

Daí, eu, metido nas curiosidades, não pude ficar de fora. Pedi para bizoiar esses escritos, no anseio do sarro e de compartilhar com os pinguços da venda. Pensei ser coisa de riso. Até o nome do negócio pareceu os trotes da infância, de passar creolina no couro cabeludo da molecada e ver o incêndio se alastrar pela classe: *para quem está se afogando, crocodilo é tronco.*

Abri o poemário, esperando rima fácil e dor de corno, mas o coro cantou no lombo da razão e já não tinha muita graça. Seu Zé do Paiol inclusive está me difamando pelos bairros, dizendo que até lágrima de canto achou, porém ele não tem muita moral nas coisas da vista, no currículo do homem tem causo de coelho gigante com dois rabos, tubarão no corgo, pescaria de tilápia na enchente que invadiu o boteco e, pasmem, segundo o mentiroso da peste, a água levada na primeira viagem pra Lua foi tirada da bica perto do seu barraco. Eu jamais confesso emoção, o rio é caudaloso e, se estoura a barragem, tudo sai vazado. Ninguém toca flauta e chupa cana ao mesmo tempo.

Wlad conheço desde moço, formado nas coisas do saber e do não saber. Um dia me chamou pra ilustrar as folhas do amigo dele. Colocou na capa uma barata em cima do amor. Imaginei valer tudo e tirei foto da bunda na querência de compor a obra, mas daí lembrei que a turma dele era frequentadora do cigarrinho do capeta e tinham o gosto do não dito pelo dito, dos meandros. Coloquei o meu rosto dentro da página e o terceiro olho deixei testa. Todo mundo sabe que o sexo anal derruba o capital, achei belo.

Mas falando do livro, só posso dizer que é bonito por bosta. Na sela o burro conhece o cavaleiro. O figuro resolveu colocar as montanhas de nossa terra e carregá-las nos ombros para o outro lado do planeta, fazendo mistureba maior do que rabo de galo e uísque com guaraná. Tem o bucho do bispo roncando de fome, santo e demônio de mãos dadas, a tristeza perturbada de sentir frio fora de casa. Não se amarra cachorro com linguiça e quando li que tinha um corpo de artista boiando num sonho dele, corri até o espelho para checar a cor da minha boca, me percebi existente igual. Com cabeça de cera não se passeia no sol.

Em outro arremedo, usa até inglês, o doutor. Eu não domino o estrangeiro e corri pro dicionário traduzir: *tudo que precisamos é Dionísio*. Esse tenho pertencimento, fez terreiro em mim e minha carne é seu batuque.

A morte também está de tocaia nos poemas do Wlad. Há alguém esfaqueado e a tragédia está nos ponteiros do relógio, que seguem girando descomovidos. Hora de morrer não tem retardo. Depois que li, rezo todos os dias pela missa de sétimo dia dos desconhecidos.

Deu até secura de beber Bacardi e ver se faço um rastro de memória, como o senhor que o poeta observou para contar os mortos.

O primeiro livro de poemas do Wladimir Vaz Mourão (cito nome inteiro na crença em parecer coisa de pessoa séria) é porrada no chacra. Certeza que vai rodar pelos cafundós dos judas e não servirá de encosto de porta apenas. Em cada conhaque ardido, em cada leitura, em cada voz calada, esses poemas gritarão, pois cobra que não dá bote não apanha sapo. Aqui estou, aqui estamos, apanhados por ele. Sinto orgulho de dividir o destino com a onça que se disfarça de Wlad. Evoé! Evoé! Evoé!

Me disseram que tinha que terminar assinando o texto e depois falar as importâncias de sermos pra lá do que somos. Assim, quando lerem, darão o respeito devido pro registrado. Deixar citado bem engomadinho: ciclano, poeta e pesquisador, ou ainda fulano crítico e o caramba a quatro. Eita gente desocupada em encher folha que nada prova e só serve de combustível pra fogueira de espantar mosquito chato.

Por isso, assino:

Antônio Brasilit
amigo do Wlad, bebedor de Galo Branco
e mau pagador dos fiados da botecaiada.

PARTE 1

NOSSA SENHORA DO PERPÉTUO DE SOCORRO, OURENSE & LÉREZ

[*era um inferno, mas eu gostava*]

corpo exótico

a minha corcunda é serra da mantiqueira — mata atlântica de pêlos — o rosto é o mapa da aldeia, na encruzilhada da boca, onde os olhos de jaguatirica espiam o que vem do mar. o peito, a favela de mil casas onde há festa, fanfarras, rodas de samba, melancolia & tristeza. No bucho, o bispo segue deglutinando, o sexo, lugar em que deveria estar a vagina, foi colocado o totem da tortura — pernas riachos, nos pés a foz, no chão — algo que deveria ser chamado de terra, mas é latifúndio, propriedade privada.

lérez-oiapoque

I. SANTA

desse lado da margem,
há uma mulher que assobia
para que o sol saiba que é muito pequeno
diante da imensidão escura da vida.

ela silva deslocando as rotas dos pássaros
para que eles não estourem nas janelas
dos edifícios mais altos da cidade.

ela silva para irritar deus,
para que subam e desçam as marés
que fazem o baile do muxos
debaixo da ponte de burgos.

O dêmonio sorri ao escutar o seu silvo
— mas ela o ignora.

II. O INFERNO, O FURANCHO

taças, seios, cactus —
vinho avinagrado e *chupitos*, *shots*
e o chão congelando os nossos cus —
luz, rua, mãos e café — lérez resiste de pé.

o amolador desperta toda a rua, minha vizinha russa e sua cozinha macrobiótica, o adesivo de coração rasgado à chave, rebrote, *lockdown*, gata correndo pelo corredor, aspiradores de pó e de cocaína vibram as janelas, na rua juan bautista andrade, 67, um homem penteia o cabelo, pinta os lábios de cor carmim, tira o resto de tinta das unhas e olha como a mancha do vinho no tapete se torna imagem de guadalupe ou de são tomé: lérez resiste de pé, lérez tomba, tropica, mas segue de pé.

oiapoque é a cidade mais próxima
de algo de dentro é tormenta,
algo de fora é tormento — e se a torneira
pinga, pinga, pinga — minha fibra é carne
que come os gatos *callejeros*.

lérez, lérez,
turvo, turvo

peixes noturnos devoram, devoram, devoram.
cruzo a ponte — a ponte se entrecruza em mim —
e os asfaltos quentes queimam a solas dos nossos pés
lérez, insiste em ver o mundo ao revés.

III. CELTA DE VIGO

o silêncio no meu bairro é uma senhora de estatura baixa,
cabelo curto e rugas —
ela está na farinha das chapatas,
no vinho-sangue do restaurante *villa*
nas cerejas, no verão,
e nas couves, no inverno,
na quitanda do casal de venezuelanos.

ela é a brisa fria do imenso bazar *long*,
na pequena avenida de a coruña,
está nas plantas na vitrine do bar *a lareira*
e no pó centenário nos livros de segunda mão
que carlos, o português, vende em frente ao *pasarón*
e em baixo de carmen — que viveu em andorra,
e hoje, o seu bar é um principado de bêbados —
onde a solidão é o objeto mais belo
ao lado do poster do celta de vigo,
com os jogadores da temporada 2004/05,
onde se intui: mais uma vez seguimos vivos na derrota.

(ourense)

ainda, no teu lado da terra,
o sol esquenta e frita tua carcaça,
imagino-te olhando para o quintal
e crendo que a relva é mais fria
que o teu corpo nu
ou que as louças nos dias quentes
amenizam a dureza das horas.

aqui o céu é composto
por tons de cinza,
o negro é sempre mesclado com o branco,
só no céu.

o dia, habitualmente chamado assim
após abrirmos os olhos,
não importando se é uma da madrugada ou três da tarde,
é sempre frio.

ontem na esquina da cidade velha,
pensei ter encontrado um amante,
mas era uma estátua,
sentei e percebi que soava em meus ouvidos
o som de três sinos:
das três igrejas que nunca entrei
e que não desejo entrar.

a terra aqui é velha
e li esta frase perto da ponte romana:
"el diablo no és sábio por ser el diablo, pero por ser viejo"
quando li isso, desejei o teu sorriso.

aqui, ainda longe,
sonhei que encontrava o corpo de um artista boiando
em uma piscina,
parecia uma foto de pedro spagnol.
isso me deixou triste só nas primeiras noites,
pois a imagem desse fotógrafo
me faz lembrar que longe daqui,
eu tenho amigos e que eles estão vivos.

PARTE 2

SÃO PATRÍCIO DE TODOS OS BÊBADOS

[*dublinada*]

dorset street

dorset street
das minhas veias
e das seringas abandonadas
nas cabines telefónicas
e dos lagos de vômitos
refletindo o néon do *indian fast food.*

dorset street
do bar no *caufield hotel*
da ternura de frank
e dos cigarros de haxixe
compartilhados com roberto
e dos seios septuagenários de joynie.

dorset street
de linha reta fora do plano
do rosto de brian
onde os sulcos imitam
o mapa dos rios da amazônia.

dorset street
do cretino tesco express
"thank for shopping at tesco,
please remember take your blue coin"
dos produtos vencidos
e das bananas passadas
na quitanda do *tops*.

dorset street
onde não se ergueram igrejas,
bendito seja wilde,
mas possui um salão paroquial
onde se oferece aula de yoga
por 5 euros.

dorset street
onde o amor é emoldurado
em uma madeira carcomida
prestes a se desmanchar:
"*all we need is dioniso*".

dorset street
do *sex shop* com marcas de tiros —
dos nossos paus, bucetas e cus astrológicos

procurando vênus
por toda a noite,
por toda a noite.

dublinada

I. FACA

um homem foi esfaqueado
na esquina da minha casa
um homem foi esfaqueado
no dia de natal

um homem foi esfaqueado
na esquina da minha casa
no dia de natal
na católica irlanda

um homem foi esfaqueado
e um policial vigiava seu corpo
um homem foi esfaqueado
e as luzes da ambulância
entravam pela minha janela
e desenhavam mandalas no teto

um homem foi esfaqueado
e eu voltava bêbado para casa
com minha companheira

um homem foi esfaqueado
na esquina da minha casa
um homem foi esfaqueado
na esquina da *dorset street*
com a *north circular road*
e eu voltava bêbado para casa

II.CARNE

ele está morto
e as janelas do outro lado da rua
amanhecem embaçadas

ele está morto
e o alarme do meu edifício soa às 11 da manhã
a cada quinze dias

ele está morto
e caetano escreve um novo capítulo
para o *verdades tropicais*

ele está morto
e o governo do país que me pariu
faz campanha contra a nudez

ele está morto
e a cidade de dublin
conta o número de moradores
que vivem em suas ruas

ele está morto
e eu não tenho vontade de trabalhar
às quinta-feiras

ele está morto
e o ventre de alguém ronca
com os gazes produzidos após comer grão-de-bico

ele está morto
e o copo está cheio
ele está morto
e o copo está vazio

ele está morto
e uma pessoa se interessa por mim
conversamos e cada um vai para seu lado

ele está morto
e o cinza deste mês
é um prelúdio

ele está morto
e uma poeta carioca
escreve sobre o pai que não conheceu

ele está morto
e começo admirar gismonti
& toninho horta

ele está morto
e a minha fotografia
não tem cor

ele está morto
e é outubro

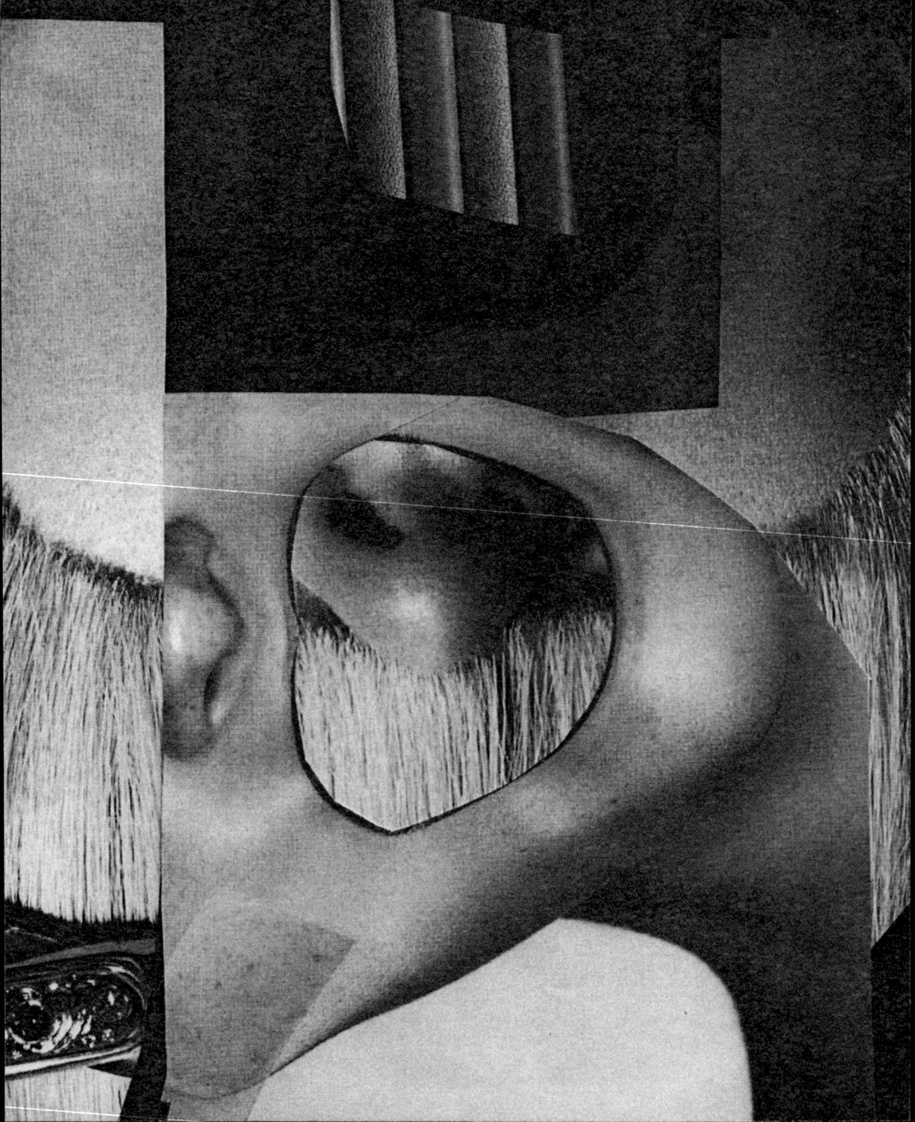

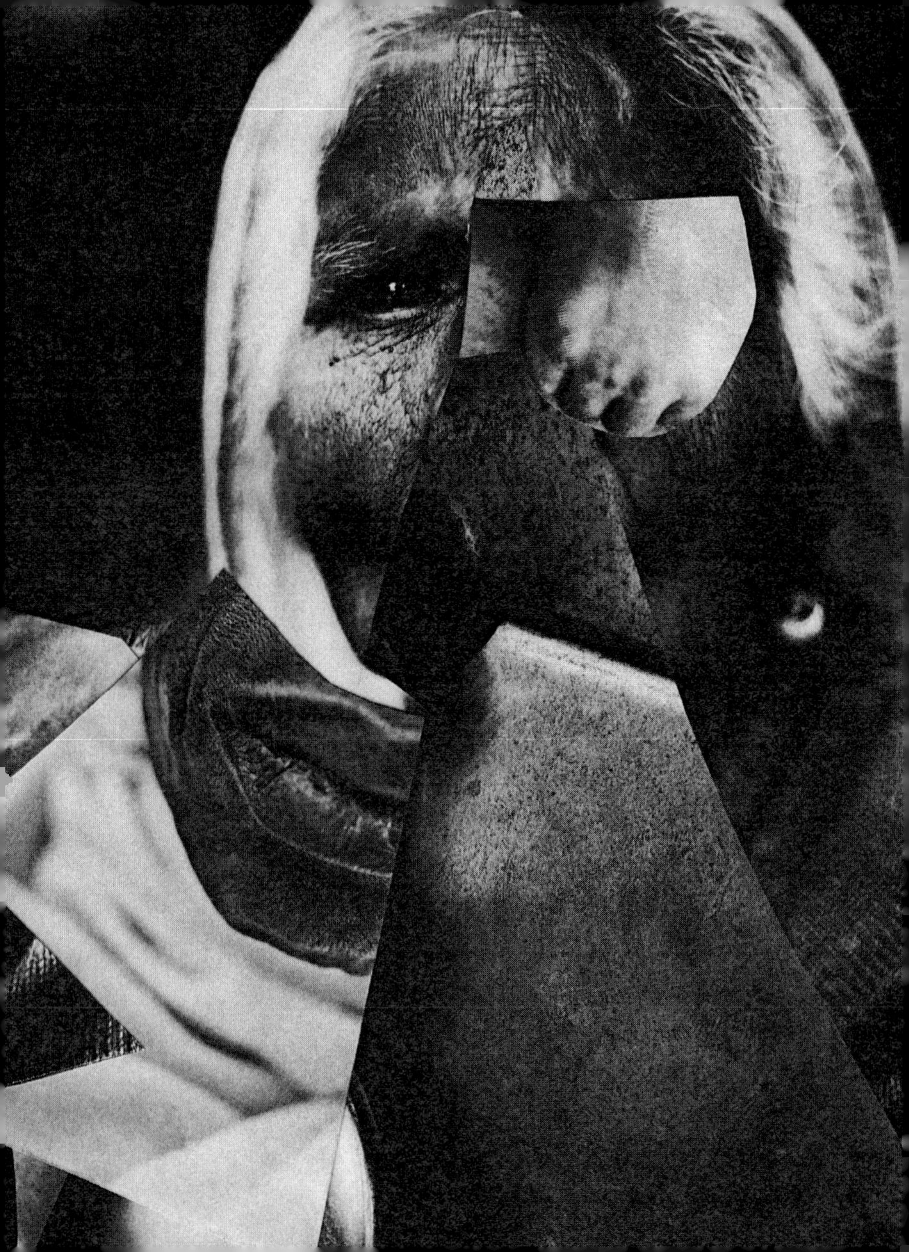

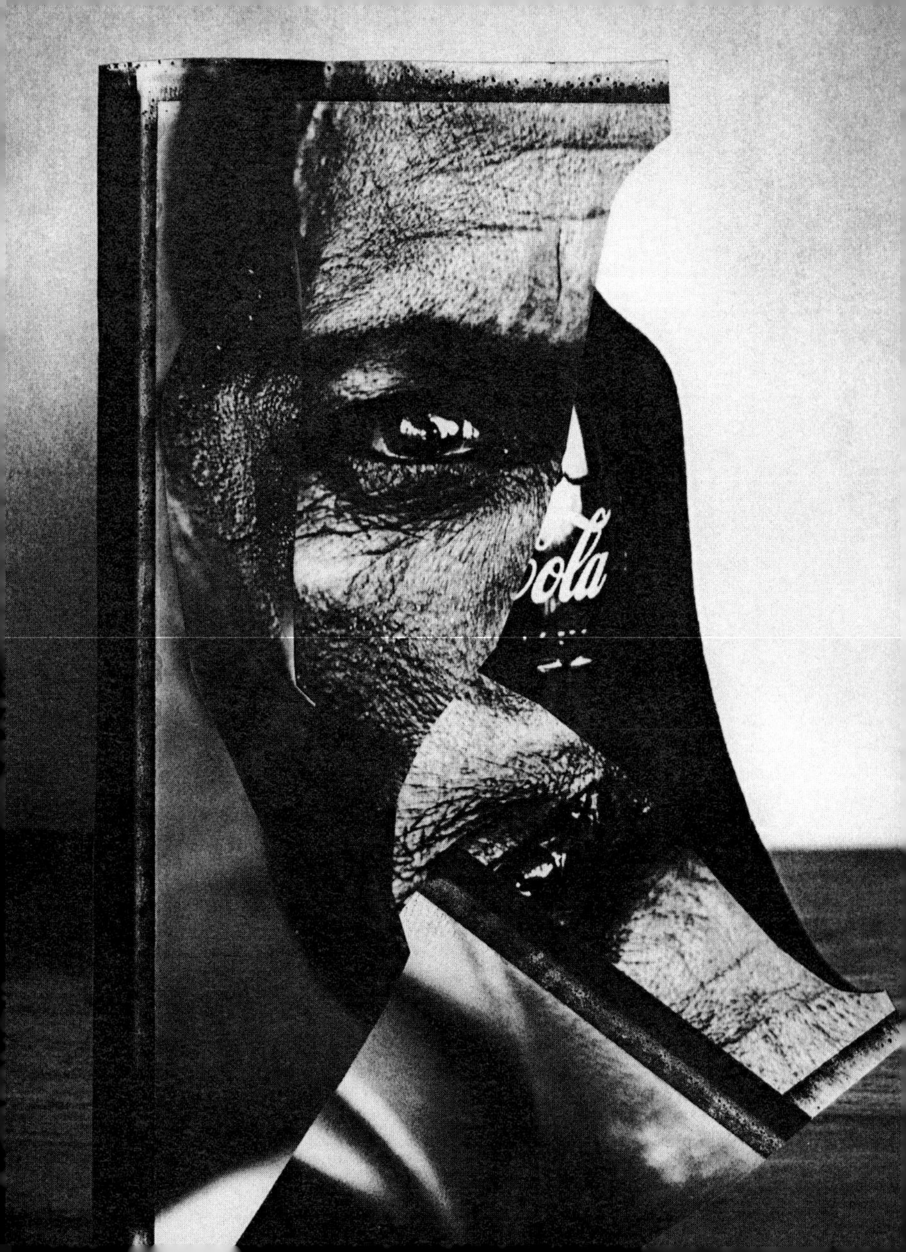
ola

PARTE 3

SANTA PEREGRINA DO AROMA DA FÁBRICA DE CELULOSE

[*quando dividi um tronco com um crocodilo: remamos, fumamos, bebemos e bailamos, no final ele me comeu e hoje vivo dentro da sua barriga*]

avenida peirao besada

se o vasto é a soma
das coisas pequenas
e o meu olhar míope
somente alcança um terço
do que miro —
onde estará o que é invisível
dentro do oco inflado de ar
que guarda batidas, batidas, batidas.

da ventana pequena do menor quarto deste edifício,
vejo os ferros dos andaimes
e ouço voz dos pedreiros resmungando:
um time, o sol e o andaime.

estou só e reverencio a minha solidão,
um incenso não deixa o meu nariz sentir outros cheiros
— um país dentro de um país
é um estado pronto para explodir.

e só quero olhar pela minha janelinha
e me entristecer pensando na missa de sétimo dia
de um pedreiro que lutava contra o sol.

paxaros

neste mês que os dias começam
a ser menores que os meus olhos,
escuto os pássaros voltando
com carniça na boca.

alguém do outro lado do atlântico
carrega em um alforje
cabeças de galos velhos
que não engendram mais no peito
as manhãs dos novos dias.

uma mulher na cidade de milhões
sente o cheiro do rio tietê
e respira, respira, respira.
sabemos que as aves voltam,
algumas com carniça e outras com fruta.

1996

nesta hora,
onde vemos algumas casinhas
mal-ajambradas do lado de um muro cheio de musgos
e as formigas escalando verticalmente
qualquer copo sujo
te peço: não me fale do que está por vir.

lembro que era pequeno
e olhava os calendários ordinários
regalados por farmácias ou minimercados,
com a imagem de alguma santa, senhora, cãozinho ou flor,
pensava: um desses dias, de algum outro calendário,
me recordarão de alguém que não estará aqui.

um dia, desses tantos que se cabem em algum calendário,
estará a data da morte de meu pai,
o acidente de um amigo
ou o meu próprio,
relembrarei por dias, meses e anos,

nesses calendários chamados de folhinhas por minha avó,
que era cega e me pedia para ver que dia estávamos
e que desde 20 de setembro de 1996,
não me pede mais nada.

galo branco

existia,
depois do mar,
das cidades poluídas e dos morros verdes,
um homem que me disse que não morreria.

lembro,
através das lembranças
que não são feitas de dias e anos,
mas de constelações,
desse homem
com um boné manchado de suor
e os olhos pequenos atrás dos óculos de sol.

ele me falava de nomes raros,
do prazer de beber a cachaça envelhecida
e dos desenhos que fazia —
gostei da cachaça, todavia não dos traços.

hoje,
aqui onde o negro e o branco
só se mesclam no céu —
recebo a notícia que
o corpo desse homem
aduba as canas-de-açúcar.

quando eu voltar,
beberei-lhe até o galo cantar.

(para e., amigo que desenhou o rótulo da cachaça *galo branco*)

panapanás

1

nas águas,
onde saveiros e ramelas
cruzam de thanatos a eros,
vejo panapanás voando,
desejo intimamente cariciar suas asas
e estendo minhas mãos,
mas as águas revoltas
fazem o meu corpo cair
e quando caio, me afogo.

2

eis que romper a pupa,
em cores e voo,
a vida será permanentemente curta —
quero gemer, tocar e acariciar-te
e estar vivo nos nossos pequenos
suicídios noturnos.

3

blue, blue, blue,
blue, blue, blue,
nu, nu, nu,
nu, nu, nu,
jeans, jeans, jeans,
jeans, jeans, jeans,
gin, gin, gin,
gin, gin, gin

niebla, oscurezco tu pecho.
niebla, película nórdica,
donde somos coito y belleza.
niebla, mi respiración en una ventana,
mirando ourense y deseando el mar.
niebla, mis gafas sucias de tus dedos
niebla, la fina sábana que nos cubre
niebla, la poca ropa que llevamos,
y por qué las llevamos?
niebla.

4

onde estavas, mariposa,
quando chernobyl
se converteu em deserto,
no dia 26 de abril de 1986?

eu lembro:
— estávamos juntos neste dia, no escuro.

5

onde estarás no século XXX?
estaremos com lilia e o meu xará,
caminhando juntos por alguma alameda
de algum zoológico —
nós quatro —
e todos os nossos amores que tivemos em vida.

6

borboleta na calle progresso,
nas ruas encardidas de sangue de barueri e osasco —
no chão de terra de algum bairro de uma cidade curda,
em um barco do saara rumo a espanha,

nascerá seca e voará policiada.
ou na noite no interior do brasil —
te chamarão de bruxa
e as pessoas terão medo de ti
e da sua busca pela luz,
fecharão panelas, portas e países,
para que não voe.

sempre doce quando ácida

1

doce —
mandíbula em tua perna e tu gemes.
ácido,
desejando teu ataque.
fruta,
sempre doce quando ácida.

2

viver nesta cidade sem imensidão
mirar, sem acertar o alvo
lar, corpo que nasci e que nascerei —
antes do erro: o fruto é doce,
depois, azedo.

a horta de campelo

as demais persoas á mesa comían de min
SILVIA PENAS ESTÉVEZ

abriu a terra
como quem esperava colocar um corpo
dentro dela
era domingo e nesse dia
todos comiam da minha carne.

não se deve abrir a terra na lua cheia,
a luz dela revela que debaixo
o solo consome incessantemente os mortos —
e os mortos, precisam de escuridão
para alimentar aqueles que caminham sobre eles.

aquele homem abriu a terra,
remexeu o solo e os mortos,
derramou a ira nas sementes
e olhou para todos: sou o proprietário.

e abandonou a horta
depois de três luas.

da sua sombra não brotou ternura
e a sensiblidade eram como os seus dentes sujos
da azeda certeza de ser europeu.

a velha camiseta andy warhol-rosalía de castro que apodrece no varal

1

que as cerejas apodreçam no fundo das nossas bocas
& que as avós sejam esquizofrênicas
& metralhem palavras ásperas contra mundo
ou contras os netinhos bem comportados e filólogos.

e que compostela renasça após o décimo sexto dilúvio
deste ano & que cada um de nós possamos nos olhar
como sobreviventes
— gota gota gota gota gota —
e os pilares, nossos corpos animalescos & nus,
substituam as dentaduras & os papéis que homologam
um prêmio literário de uma cidade qualquer.

2

vi a mais selvagem poeta dessa terra se transformando em garota
propaganda da *pull and bear* — tudo era muita cor, sorrisos &

fotos — e nada — em poucos anos ela será reverenciada & substituirá a rainha do trono de madeira castanho.
por que ainda existe a monarquia?

3

pontevedra — o cheiro da fábrica é o teu perfume & as ruas, largas calçadas, são sujas por gaivotas — daquelas que habitaram moncloa & hoje aposentadas assistem à destruição de lindos edifícios enquanto alimentam as pombas na *praza da ferrería* — elas são as avós. e netinhos no futuro escreverão lindos poemários falando de como a poesia nasce & morre na ternura das gaivotas .

a guía, 27, randufe, tui, em frente à igreja

antes de chegar à fronteira & atravessar a ponte, seguindo a carreteira para baiona — tantas curvas, tantos mortos — passando o assador paulo — tanta carne, tantos mortos — adentrando à profunda aldeia — tanta casa, tantos mortos — seguindo um cartaz com letra vermelhas-sangue & em frente à igreja — tanta gente, tantos mortos — dentro de um bar:

há um senhor que todas as noites pede uma cerveja, depois pede um bacardi com limão & finaliza com um *chupito* de ervas — a mão dele está suja de graxa e cada copo que usa deixa um rastro escuro, um rio das memórias dos dias, dos meses & dos anos — a testa é formada por infinitas linhas & a boca por poucos dentes — tanto silêncio, tantos mortos.

wladimir vaz mourão

nasceu pelado na várzea, técnico de máquina de costura formado pelo senai de socorro em 2001, é filho dos tecelões wladimir e maria, neto adotivo de pancho. trabalha na editora urutau e toca na *bujiwa*. vive no barreiro, margem sul, portugal.

PRIMEIRA EDIÇÃO

–PRIMAVERA / OUTONO–

BARREIRO/COTIA

MMXXIII

JUNHO